Constantin Bachfischer

Herzens – Fragen

Was mir das Herz sagen kann

Sinnfragen & Raum für deine Herzens - Wahrheit

2

Impressum

Titel der Originalausgabe: „Herzens - Fragen"
Was mir das Herz sagen kann
1. Auflage März 2011
© Constantin Bachfischer www.all-life-balance.com

Einbandgestaltung & Lektorat:
Djannet Bourema und Margit Woschny-Ehrlich
Texte, Gedichte & Sprüche: C. Bachfischer

Inspirationen: Mein Leben mit allen Begegnungen

Herstellung und Verlag: Books on Demand GmbH,
Norderstedt
ISBN: 978-3-8423-3318-5

Fehler und Möglichkeiten:
Für all diejenigen die nach Fehlern suchen, es wurden
auch welche versteckt, denn ein Fehler wird sich immer
einschleichen, erst recht, wenn man keine Fehler
machen will. Doch wer sagt was ein Fehler ist? Daraus
entstehen Möglichkeiten, mach was draus!

Anmerkungen:
Nehme dir Zeit beim Spüren des Buches, mach es dir
gemütlich, fühle dich wohl und spüre dich, das Buch und
was dabei bei dir kommt. Fühle die Fragen, deine
Antworten, erlebe deine Stimmigkeit und spüre was
stimmt und was nicht. Spüre dein Herz, sei einfach da.

3

„Für mich
und meinen Weg"

Die Quelle der Antworten ist dein Herz.

Das ist dein eigenes Buch der Lebensfragen, es ist für dich zum Zeit und Antworten finden erschienen.

Lass dein Herz antworten, nimm dir Zeit für dich zum Spüren in deine eigene Herzensantwort.
Alle Antworten deiner Fragen sind bereits da. In deinem Herzen.

Dieses Buch kann dir helfen, dich auf dich zu konzentrieren und du kannst für dich nachspüren, was dein Herz für Antworten auf deine Fragen hat. Die Unterstützungstexte sollen dir helfen deinen Verstand zu beruhigen oder ihn anzuregen.
In diesem Buch hast du Raum für deine eigenen Notizen und kannst hier die Fragen deines Herzens mit deinen Herzensantworten aufschreiben.

Welche Antworten auf welche Fragen suchst du?

Beides braucht es – Frage und Antwort und Herzensfragen benötigen eine Herzensantwort.

Sei mal ganz leise und lausche...
Kannst du sie hören?
Sie ist so leise, dass du manchmal meinst, du hättest dich doch eher getäuscht... sei einmal ganz still und höre einfach nur... kannst du sie hören, die Stimme deines Herzens?

Schließe doch jetzt einfach für 60 Sekunden deine Augen und lausche einfach nur... einfach nur lauschen und nach Innen gehen... was kannst du da wahrnehmen? Ist da etwas, das du wahrnehmen kannst? Vielleicht ist es anfangs nur ein vages Gefühl?
Hast du eine unbestimmte Ahnung?

Wenn du nur lauschst...
still bist...
was kannst du dann hören?

Wir sind in unserer Welt häufig so schnell
unterwegs, dass wir diese essentielle und
wichtige Sache vergessen:
Einfach für ein paar Momente still zu sein
und in uns zu lauschen. Zu lauschen, was das
Universum uns sagen will...
lauschen, was das Göttliche uns sagen will...

Diese innere Stimme spricht immer zu uns —
besonders in entscheidenden Situationen.
Wir haben nur etwas verlernt: zu zuhören.
Wir sind so damit beschäftigt in unserem
Verstand alle Möglichkeiten abzuwägen, alle
Risiken zu kalkulieren,
dass wir die Lösung nicht wahrnehmen,
die direkt aus unserem Herzen kommt.

7

Die Tiefe des Herzens ist Wahrheit,
wobei die Tiefe weit ist und die
Weite hoch ist und Höhe einfach
Sein ist.

„Schreibe das, was du weißt nieder,
somit kannst du es stets lesen,
falls du nicht mehr weißt was du
weißt"

Was mache ich jetzt?

Dieses Buch kann dir helfen, Antworten zu bekommen und deine Persönlichkeit weiter zu entwickeln. Nimm dir Zeit und suche dir einen sicheren und stimmigen Ort, ohne Ablenkung und sei einfach im Jetzt und im Hier. Nimm einen Stift zur Hand und lese die Fragen auf der linken Seite, lass es nachwirken, lese sie immer wieder, bis die Frage in dir zum Schwingen angekommen ist. Schließe die Augen und spüre diese Frage. Lege deine rechte Hand auf dein Herz und bitte es um eine Antwort. Nun lausche…

Die Antwort kann auf verschiedenen Wegen kommen, als Gefühl, als Sprache, als Bild… sei einfach offen und notiere diese Antwort auf die recht Seite. Nimm deine Umgebung und die Tiere, das Wetter und die Stimmung wahr. Nimm dir nur so viele Fragen vor, wie es für dich stimmig ist. Lass dir Zeit.

Nach einer Weile ist dein Zugang zu deinem Herzen so im Fluss, dass du dir auch andere Fragen aus deinem Leben (im Alltag, zu jeder Zeit) stellen kannst. Nimm dir Zeit, ob in der Stadt, beim Einkaufen, im Park oder daheim. Dein Herz wird mehr und mehr mit dir kommunizieren, wenn du mehr und mehr zu hörst und mit ihm redest. Das ist eine Möglichkeit für dich selbst, für dein eigenes Erwachen, um erkennen zu können, was wirklich wichtig ist und wieder zu erlernen auf dein Herz zu hören.

Dieses Buch soll dir helfen, dich selbst zu spüren und auf deine Lebensfragen eine Herzensantwort zu bekommen. Alle Antworten deiner Fragen sind in deinem Herzen, Dein Herz weiß, was dir gut tut.

Am Anfang ist es vielleicht nicht so leicht und wir tun uns schwerer, doch je öfter wir mit unserem Herzen reden desto besser und deutlicher können wir es hören.

Nimm dir Zeit und deinen Raum, neben der Frage ist Platz, für dich und für deine Antworten. So kannst du deine Herzensantworten aufschreiben und immer nachlesen. Die anregenden Sprüche, Gedichte und Texte sollen dir helfen, dich in die Frage rein zu spüren, falls du es brauchst... So kannst du das Buch immer wieder spüren und deine Fragen und Antworten prüfen, ob diese noch aktuell sind oder sich etwas verändern will. Folge deinem Herzen und lerne auf dein Herz zu hören. Das Leben ist leichter.

Den Platz auf der linken Seite darfst du gerne nutzen, um mit Stiften das zu malen, was dir bildlich gerade bei dieser Frage erscheint, trau dich und male in dein Buch, schreibe hinein was ist und du im Dialog mit deinem Herzen bekommen hast. Wenn es nichts war, dann schreibe das Nichts hin, wenn es viel war, nutze den Raum, erweitere deine Grenzen – trau dich!

12

Was ist für mich normal?

―――――――――――――――――――――

―――――――――――――――――――――

―――――――――――――――――――――

―――――――――――――――――――――

―――――――――――――――――――――

―――――――――――――――――――――

―――――――――――――――――――――

―――――――――――――――――――――

―――――――――――――――――――――

―――――――――――――――――――――

NORM all?

Wie alles in einer Norm zu sein – bemessen, gewogen, bewertet nach Maßstäben, welche alle als Norm al ansehen? Was ist für dich Norm al und bist du es? Willst du es sein oder bist du dagegen? Gegen die Norm – doch bist du damit auch schon wieder in einer Norm? Mit dem Strom schwimmen, dagegen schwimmen, gar nicht schwimmen… Was ist für dich normal?

Was bekomme ich von
meiner Umwelt mit?

_____

_____

_____

_____

_____

_____

_____

_____

_____

_____

_____

_____

_____

_____

_____

Was ist die Umwelt in der du lebst? Hörst du den Vogel in der Früh? Siehst du das Kind lachen auf dem Jahrmarkt? Hörst du das Blätterrauschen im Wind? Spürst du den Regen auf deiner Haut? Riechst du die Sommerbrise? Spürst du die Menschen in der Einkaufsschlange? Was lässt du zu, um wahrzunehmen? Wo bist du wenn nicht hier?

16

Warum bin ich hier?

Alles Leben hat einen Sinn. Jedes Leben darf leben. Jeder Mensch hat eine Aufgabe hier im Jetzt, zu lernen, zu wachsen und um heil zu sein in der Seele, deine Seele strebt danach. Jeder hat hier etwas zu tun für sich, die Menschen, die Umwelt, die Mutter Erde…

Und warum bist du hier?

18

Wer bin ich?

―――――――――――――――――――――
―――――――――――――――――――――
―――――――――――――――――――――
―――――――――――――――――――――
―――――――――――――――――――――
―――――――――――――――――――――
―――――――――――――――――――――
―――――――――――――――――――――
―――――――――――――――――――――
―――――――――――――――――――――
―――――――――――――――――――――

Wer bist du? Bist du der, den andere wollen?
Bist du die, die von anderen gemacht wurden?
Bist du du? Oder lebst du nur eine Maske und
ein Leben, was andere denken welches gut für
dich ist? Wer bist du?

Frage dein Herz, hör hin, spüre hin…
schließe deine Augen und schau was passiert.
Trau dich zu schauen und spüre was ist.

20

Was ist Liebe?

21

Was ist Liebe? Nur ein Wort? Nur ein Film?
Ein Roman? Ein nie erreichtes Ziel?
Schmerzen, Sex, Lachen und Glück?

Was ist Liebe? Nichts oder alles im
Universum? Was ist Liebe für dich? Was
sagt dein Herz?

Was ist meine Aufgabe?
Was sind meine Gaben?

_____

_____

_____

_____

_____

_____

_____

_____

_____

_____

_____

_____

_____

Was ist eine Auf Gabe – heißt Aufgabe dich aufzuschwingen zu deinen Gaben? Jeder hat eine Aufgabe – welche ist deine? Wo liegen deine Aufgaben – bei deinen Gaben? Was sind deine Gaben oder anders gefragt: Wo liegt dein Potential? Frag dein Herz, was sind meine Gaben, was ist meine Aufgabe?

Wie wache ich auf?

Was ist Schlaf – jeden Tag im Schlaf sein –
Büro – auf der Arbeit – wann bin ich wach?
Was heißt wach zu sein? Hier zu sein, im
Jetzt? Nichts zu spüren, nichts zuzulassen?
Verschlossen sein? Offen sein? Zu sehen mit
offenen Augen, mit dem offenen Herzen,
verschlossene Augen zu haben und dennoch
zu sehen? Wie wache ich auf? Wie erwache
ich in meiner Größe? Jeden Morgen wirst du
neu geboren, die Sonne geht auf, deine Augen
gehen auf, wie wachst du auf? Was heißt es
für dich wach zu sein? Wann bist du wach?
Wann ist dein Herz wach? Frag dein Herz!

Wie soll ich sein?

_____

_____

_____

_____

_____

_____

_____

_____

_____

Wie willst du sein? Wer sollst du sein? Wem
gibst du die Macht über dich zu bestimmen
wie du sein sollst? Wer bist du wirklich in
deinem tiefen inneren Herzen? Lebst du dich?
Liebst du dich? Wer verlangt und erwartet
dich so wie Sie oder Er es will? Wie sollst du
sein? Wie willst du sein und warum?
Warum anders sein, für wen und wieso?
Wer bist du und bist du im Sein?
Im Wort s-ein steckt das EIN!

Du bist einzigartig und wunderbar.

Wie sehe ich?

Wie sehe ich mich? Wie sehe ich die Welt? Mit was sehe ich? Was erkenne ich? Was erkenne ich nicht? Wie kann ich sehen ohne zu sehen? Was darf ich erkennen wenn ich nur will? Wie sehe ich mich und meine Welt? Mit was allem sehe ich? Sehe ich mein Herz? Sehe ich mit meinem Herzen? Siehst du mit deinen Augen? Meinst du dein Herz kann sehen? Wenn du wissen willst wie dein Herz sehen kann, frag es einfach, schau hin, nicht weg. Traue dich zu sehen mit deinen Augen, traue dich zu sehen mit deinem Herzen.

Wie höre ich?

_____

_____

_____

_____

_____

_____

_____

_____

Wie höre ich? Mit was allem höre ich? Was
höre ich? Höre ich die Stille oder das Laute?
Höre ich das entweder oder das oder? Was
will ich hören und was höre ich nie? Was darf
ich hören und was soll ich hören? Was will
ich hören und warum höre ich es? Die
Verbindung zwischen Herzen wird mit
Herzen gemacht. Welche Sprache braucht es
dazu? Oder sind es die Worte welche wir
Menschen reden, andere Worte, keine Worte?
Wie sprichst du mit dem Herzen?
Mit dem Herzen können
Herzensverbindungen entstehen und
gedeihen. Hör auf den Wind – hör´ hin.

Wie esse ich?

_____

_____

_____

_____

_____

_____

_____

_____

Welche Nahrung nehme ich in mir auf?
Welche Nahrung braucht mein Herz?
Wie esse ich, im Stehen oder im Vorbeigehen?
Wie esse ich und was lass ich an mich ran?
Was lasse ich raus und was lasse ich nicht
mehr raus? Was heißt Essen für mich?
Bete ich vor dem Essen? Bedanke ich mich für
das Essen, für die Wesen welche sich
opferten, damit ich essen darf?
Wie nehme ich diese Nahrung auf?
Dankbar in Liebe für die die es zubereiteten,
dankbar mir selbst gegenüber, dass ich es essen
kann und darf?

Wie genieße ich?

---

*Was genieße ich? Wie erlaube ich mir zu
genießen? Was heißt es für mich zu genießen?
Genieße ich den Sonnenaufgang oder den
Mond in seiner voller Pracht? Lass´ ich den
Wind auf meiner Haut wehen und spüre den
Hauch des Herbstes? Rieche ich den Frühling
und freue mich mit einem Lächeln auf den
Wangen an der Schöpfung? Genieße ich den
Schatten unter der Linde? Spüre ich meinen
Körper, erlaube ich mir zu schwitzen, zu
rennen, zu tanzen und wie spüre ich mich und
meinem Körper? Wie genießt du?
Probiere es einfach aus,
versuch hier zu sein und da zu sein.*

Wie lasse ich zu?

37

Was lasse ich an mich ran? Wo mache ich zu?
Bei welchen Menschen mache ich zu, wo lasse
ich Menschen, Eindrücke und Momente an
mich ran? Wo lasse ich dies an mich ran,
im Verstand, in meinem Herzen?
Wo sperre ich mich zu? Was heißt es für mich
zuzulassen, an mich etwas ran zu lassen,
meine Mauer um mein Herz zu senken? Was
kann passieren? Liebe? Schönheit? Freude?
Was gebe ich und säe ich, um zu ernten? Wie
lasse ich Gefühle zu und traue ich mich diese
zu zeigen und selber zu erleben?

Wie lasse ich mich fallen?

_____

_____

_____

_____

_____

_____

_____

_____

_____

_____

Im Englischen heißt es: to fall in love – in die Liebe fallen, sich fallen lassen – in Liebe, Vertrauen und sich selber trauen, fallen lassen um zu fliegen. Wie ein Schmetterling: Unberechenbar, chaotisch, im Gleichgewicht, in der Mitte seiner selbst. Wie lässt du dich fallen? In die Liebe? Zu dir? Zu einem anderen Herzen? Lässt du dich fallen ohne Halt? Lässt du dich fallen? Hilflos, mit Leid und Trauer? Lässt du dich fallen voller Mut und Vertrauen? Wie lässt du dich fallen?

Wem traue ich?

41

_____

_____

_____

_____

_____

_____

_____

_____

_____

_____

_____

_____

*Sich zu trauen wird oft bei uns mit Trauung
gesehen. Mut zu haben. Trauen,
Wem traust du? Traust du dir, deinem Kopf,
deinem Herzen, deiner inneren Stimme?
Traust du dich zu fühlen, zu spüren, zu
bewegen? Traust du dich zu lieben,
zuzulassen, zu gehen, miteinander gehen, mit
jemandem gehen?
Wie mutig lebst du dein Leben?
Wie mutig traust du deinem Herzen?
Traust du dich?*

Wie verschlossen bin ich?

_____

_____

_____

_____

_____

_____

_____

_____

_____

_____

_____

*Ver-schlossen sein. Warum schließe ich mich
ein, was will ich nicht? Was halte ich
verschlossen zurück? Welches Herzenstor ist
verschlossen? Hilft mir diese
Verschlossenheit? Vielleicht ja früher, doch
was ist heute?
Wie verschlossen bin ich?
Wovor verschließe ich mich?
Warum lasse ich nichts rein und raus?
Was ist der Grund und ist der noch wichtig
für mich?*

Wie bin ich?

_____

_____

_____

_____

_____

_____

_____

_____

_____

_____

_____

_____

_____

_____

_____

_____

_____

*Wie bin ich? Wie bin ich zu mir? Wie gehe
ich mit mir um? Was liebe ich, was mag ich?
Wie gebe ich mich und wie kenne ich mich?
Wie bin ich?
Bin ich der, der ich bin?*

Wo bin ich?

Wo lebe ich? Wo bin ich?
Die Nacht ist lange - Wo bin ich da?
Der Tag verstreicht oft viel zu schnell,
doch wo bin ich den ganzen Tag?
Wo will ich sein? Wo bin ich daheim?
Wo bin ich den ganzen Tag und die ganze
Nacht? Bin ich bei mir, bei dir oder gar nicht
mehr hier?

48

Wo ist mein Herz?

Was glaubst du wo dein Herz ist?
Wo hast du es hin?
Wem hast du es geschenkt?
Wo hast du es verloren?
Wo ist dein Herz?

Wie spüre ich mich?

_____

_____

_____

_____

_____

_____

_____

_____

_____

_____

_____

_____

_____

_____

_____

_____

_____

*Wie kannst du dich spüren? Ohne dich selbst
zu verletzten, ohne dir weh zu tun? Wie
kannst du dich spüren?
Wie spürst du dich selbst?
Deinen Körper?
Dein Herz?
Dich?*

Wie bewege ich mich?

Wie bewegst du dich den ganzen Tag? Wie bewegest du deinen Geist und dein Herz?

Wie bewegst du deinen Körper und deinen Verstand?

Wie bitte ich?

_____

_____

_____

_____

_____

_____

_____

_____

_____

_____

_____

_____

*Erlaube ich es mir zu bitten? Was ist für
mich bitten? Wie bitte ich, für mich?
Wie bitte ich und sage es, wie drücke ich mich
aus? Wie bitte ich aus meinem Herzen
heraus?
Bitte ich um etwas?
Bitte ich jeden Morgen um etwas?
Wie bitte ich? Was bedeutet mir „Bitte"?*

Wie fühle ich?

_____

_____

_____

_____

_____

_____

_____

_____

_____

_____

_____

_____

_____

_____

*Was heißt es für mich zu fühlen? Wie fühle
ich? Wie kann ich fühlen?
Wie fühle und nehme ich war?
Mit welchen Körperteilen fühle ich,
mit welchen Organen? Fühle ich mit meinem
Herzen? Fühle ich mit meinem Bauch?
Was heißt es für mich zu fühlen?*

Was suche ich wirklich?

_____

_____

_____

_____

_____

_____

_____

_____

_____

_____

_____

_____

_____

_____

Was wirkt auf mich? Was ist wirklich?
Nach was suche ich, was ich wirklich sehe,
wirklich will?
Was wirkt auf mich bei meiner Suche?
Wonach suche ich?
Was fehlt mir, das ich suche?
Was ist meine Wirklichkeit?

Wie lebe ich?

_____

_____

_____

_____

_____

_____

_____

_____

_____

_____

_____

_____

_____

_____

_____

_____

_____

Was heißt es für mich zu leben und
wie sieht mein Leben aus?
Wie lebe ich jeden Tag?
Wie lebe ich mit mir und anderen in der Welt?

Was muss ich?

_____

_____

_____

_____

_____

_____

_____

_____

_____

_____

_____

_____

_____

_____

_____

_____

*Du musst das im Leben und du muss dies
machen… ich muss das machen,
ich muss hier hin… was musst du wirklich?
Was hast du zu müssen? Hast nur du ich zu
entscheiden? Wer steuert dich und sagt was
du musst? Was fühlst du zu müssen?*

Wie frei bin ich?

Freiheit ist frei zu sein – in der Weite.
Wie weit bist du? Wie frei bist du?
Welche Weite nimmst du für dich ein?
Welchen Raum lebst du in dir und außerhalb
von dir?

Wo soll ich hin?

Wo und was soll ich machen?
Fragst du dich oft, wo du hin sollst?
Was sollst du machen in der Welt und in
deinem Leben?

Frag dein Herz!

Was sind meine
Erwartungen?

_____
_____
_____
_____
_____
_____
_____
_____
_____
_____
_____
_____
_____
_____

Worauf warte ich? Was erwarte ich?
Warum erwarte ich etwas und von wem
erwarte ich etwas? Was sind meine
Erwartungen an mich und andere?
Doch brauche ich das: Auf etwas zu warten?

Was ist meine Vision?

_____

_____

_____

_____

_____

_____

_____

_____

_____

_____

_____

_____

_____

_____

_____

_____

Was ist deine Vision? Was ist ein wirklichkeitsnahes Bild? Welche Visionen hast du? Kennst du deine Vision? Kannst du sie sehen und erkennen?

Wovor habe ich Angst?

_____

_____

_____

_____

_____

_____

_____

_____

_____

_____

_____

_____

_____

_____

_____

_____

*Wie spürst du Angst und wo spürst du diese
Angst in deinem Körper?
Was ist Angst für dich und wie nimmst du
deine Angst wahr?*

Wovor hast du Angst?

Was sind meine Werte?

_____

_____

_____

_____

_____

_____

_____

_____

_____

_____

_____

_____

_____

_____

_____

_____

Welche Werte lebe ich? Welche Werte habe
ich? Was ist mir im Leben so viel wert, mich
dafür einzusetzen, einzustehen und mich
dafür zu bewegen? Welche Werte habe ich?
Was ist es mir wert? Was bin ich mir wert?

Wer sind meine Ahnen?

Um zu wissen wohin ich gehe, ist es gut zu wissen, woher ich komme. Wer ist vor mir diese Wege gegangen und wer sind meine Ahnen? Wer hat Ahnung wenn nicht meine Ahnen? Ohne Ahnung sein, ohne Ahnen sein? Sind meine Ahnen am Lenken und sind sie im Leben mit dabei? Wer sind meine Ahnen?

Wer ist meine Familie?

Wer ist meine Familie? Was heißt Familie? Ist es ein System aus Blutsverwandten, Menschen mit denen ich aufgewachsen bin, Systeme in denen ich lebe? Was heißt es für mich eine Familie zu haben? Wer gehört zu meiner Familie? Wer ist da, auch wenn nicht erkennbar hier? Ob Wasser oder Blut: Wer ist da und wo fühle ich meine Familie?

Wie alleine bin ich?

Bin ich alleine? Bin ich einsam unter vielen?
Bin ich alleine? Bin ich mir sicher alleine zu
sein? Was heißt es alleine zu sein? Wer ist an
meiner Seite? Bin ich alleine?

Wer begleitet mich?

Bin ich alleine auf meinen Weg? Wer ist an meiner Seite? Wer läuft mit mir, wer vor mir und wer hinter mir? Wer begleitet mich auf meinem Weg, wen begleite ich? Welche Menschen begleiten mich? Welche Tiere begleiten mich? Welche Krafttiere und Ahnen begleiten mich? Welche Engel sind an meiner Seite? Wer begleitet mich, auch wenn ich meine Begleiter selber noch nicht sehe…

Was ist die Quelle?

---

*Wenn es einen Ort gibt an dem alles fließt
und alle Antworten auf alle Fragen bereits da
sind, wo ist die Quelle? Welche Quelle ist es,
welche alles weiß und doch nichts?
Welche Quelle ist meine Quelle um davon
trinken zu können und mich zu nähren?*

Wie glücklich bin ich?

---

*Bin ich glücklich? Lebe ich glücklich? Was ist
für mich Glück? Habe ich die Erlaubnis
glücklich zu sein? Warte ich noch auf die
Erlaubnis glücklich zu sein? Wie lange will
ich noch warten, um glücklich zu sein? Ist
das Glück? Wie glücklich bin ich wirklich
und was brauche ich um glücklich zu sein?
Wie erlaube ich mir selbst glücklich zu sein?*

Wie reich will ich sein?

89

_____
_____
_____
_____
_____
_____
_____
_____
_____
_____
_____

*Der Reichtum des Einzelnen ist die Armut
der Menge. Welchen Reichtum brauchst du?
Was heißt es für dich, reich zu sein?
Warum ist dir reich sein wichtig?
Für wen willst du reich sein?
Wenn alle reich wären, wärst du es auch?
Wenn andere arm sind, bist du dann reich?
Wer hat es in der Hand, das du reich bist oder
werden kannst? Und heißt reich sein auch
Geld zu haben?*

Sind es die Fragen die es sind,

oder sind es die Antworten, welche es sind?

Mein Herz hat die Antworten,
meine Seele kennt die Aufgaben,
mein Herz und meine Seele
vereint, beide zusammen im Leben
im Jetzt, lernend und wachsend,
fühlend und liebend.
Gemeinsam, alleine und einsam
verbunden mit Allem zusammen.
Nie wieder
alleine
sein.

CONSTANTIN BACHFISCHER,
ein Memminger Autor und Maler.

Er schreibt Gedichte, Texte, Sinn- und Herzenssprüche aus seinem Herzen. Seine Bilder bringen die Emotionen aus dem Moment im Jetzt zum Ausdruck.

Seine Fragen dienen zur Anregung und zum Erleben der eigenen Emotion. Er möchte die Menschen zum Spüren und Fühlen ihrer eigenen Herzen und den der anderen anregen. Er ermuntert Menschen dazu, ihre Herzen zu öffnen. Seine Werke sind Möglichkeiten für sich selbst in den Kontakt mit den eigenen Emotionen zu kommen. Es sind Bücher aus dem Herzen für die Herzen, für mehr Emotionen im Leben.

Bücher aus der Herzens-Reihe zum Spüren und Erleben von Constantin Bachfischer erschienen im BOD Verlag Books on Demand GmbH, Norderstedt

Herzens-Sache Das Buch zum Reinspüren
ISBN: 978-3-8391-1545-9

Herzens-Seele Ein Dialog mit dem Herzen
ISBN: 978-3-8423-1845-8

Mehr Informationen über den Autor und sein Wirken im Internet: www.all-life-balance.com